# 一族の墓

金夏日歌集

影書房

元堂山《ウォンダンサン》にある墓（韓国 慶尚北道《キョンサンブクト》軍威郡《クニグン》）

上の写真左側にある歌碑の背面から
「故国の父上、母上　安らかにお眠りください」

# 目次

二〇〇七年〜二〇〇八年

随筆

# 歌集　一族の墓

# 二〇〇三年～二〇〇四年

## 庭（一）

剪定する介護員さんのさわやかな鋏の音が庭より
聞こゆ

介護員さん庭のムスカリ咲いたよと声かけくれて
草取りはじむ

杖つきて廊下を行けば頭上には燕が低く飛び交う
声す

グミの実を啄みに来る鵯《ひよ》の声雀らの声庭に明るし

追儺《ついな》の豆一摑みほど少し砕き庭に撒きたり小鳥ら
のため

雪解けて庭の水仙漸くに一センチあまり新芽を出せり

南北の鉄道つながれし瞬間に多くの拍手と歓声上がる

南北につながりたりし鉄道に電車走るは何時のこと

## 生きがい

在日の朝鮮学校生徒教師四十二名の訪問を受く

車椅子に押されて急ぎ会場に入りて行けば拍手おこれり

日常のわが生活をありのまま皆に伝えんとマイクに向かう

あちこちと飛ぶわが話懸命に聞いていてくれる生徒たちみな

言いたらぬ思い残れど講演時間切れてしまいて話を結ぶ

生きがいは思いをすべて歌に詠み歌集いくつか編みてゆくこと

届きたる生徒らが書きし感想文何度も繰り返し読みてもらいぬ

生徒らの療養所への訪問記点訳されしもの今日届きたり

取材

（朝日新聞社記者来る）

在日のわが六十四年を聞き取りて記事にしたしと訪ね来し記者

渡日してわが六十四年の大方はハンセン病にて苦しみたりき

顔の汗わが拭いつつ懸命に記者質問にわが答えおり

取材時間短い予定がいつの間に四時間余りが過ぎてしまえり

三度目の取材が終わりやや緊張ほぐれしわれを一枚撮りぬ

女性記者疲れたでしょうとにこやかにわれに声か
け話打ち切る

聞きたいことまだまだあるからまた来ると優しく
告げて立ち上がりたり

もう一度取材に来ますと女性記者明るく告げて足
早に去る

びっしょりと汗に濡れたるアンダーシャツ脱ぎて
着替えぬ記者去りしあと

七十七歳わが生き様が新聞に三回にわたり大きく
載れり

わが歌集が幾つもまじる記事載りし朝日新聞三部
届きぬ

記事のなかわが舌読《ぜつどく》の小さなる写真も載りて嬉しかりけり

小林公園

幾月か氷の下に耐えてきし金魚も鯉も元気に泳ぐ

風吹けば梅の花びらぱらぱらとわれの肩にも降りかかるなり

桜咲く小林公園のそちこちに弁当ひらく幾組かあり

遠くより四十雀《しじゅうから》一つ爽やかな囀《さえず》り聞こゆ耳を澄ませば

車椅子より降ろしてもらい柔らかな若草の上少し歩きぬ

つつじの花満開だよとつつじにもわが手をとりて
触れしめくれし

## 歩行

ベッド脇の柵につかまりゆっくりと立ち上がるな
りめまい恐れて
立ち上がり十秒ほどしてふらつきと眩暈なければ
歩き出すなり

貝殻を手にのせたればさらさらと乾きし砂が貝よりこぼる

左耳聞こえなくなり右耳をラジオへ傾けニュース聞くなり

聞き返し多くなりたり頼りきし右耳までも聞こえ悪くて

看護助手付き添いくれて盲いわれ歩行器押しつつ
のろのろ進む

二週間点滴受けてようやくに熱引きしかば自室へ
戻る

久々に自室へ戻りサッシ戸をみな開け放ち空気入
れ替う

帰りきて服に着替えればたちまちに元の元気なわれに戻れり

窓開けて廊下に立てば遠くよりのどかな声の郭公聞こゆ

テープカット　（舗装した墓地への道開通　二〇〇三年九月二十日）

大田《テジョン》よりいとこが迎えに来てくれて心楽しく旅に
出でゆく

どの駅も階段避けて車椅子にわれ押されつつ近道
急ぐ

新道の開通式にテープカットまずわれからと鋏を握る

舗装せし道の入口にテープ張りテープに次々鋏入れゆく

曲がりたる手の指うまく手袋に入らぬままに鋏を握る

鋏持つ不自由なわが手に付添いの関さんかるく手
を添えくれし

辛うじて不自由なわが手に鋏持ちテープにわれも
鋏を入れぬ

日本より携え来たる紅白のテープにいとこが鋏を
入れつ

いくつものテープカットの爽やかな鋏の音が秋野《あきの》に響く

交通止めのロープをはずしここからが舗装路ですと手を引きくるる

なめらかに舗装されたる墓地への道車を降りて少し歩けり

地　震

（二〇〇四年十月二十三日、震度5弱）

ガタガタと揺るる地震にこの夜半われは幾度も目を覚ますなり

茶簞笥のガラス戸小さな地震にもガラガラ鳴りてうるさかりけり

地震にて縫いぐるみラッコテレビより転がり落ちて足下にあり

地震あと見回りに来し看護助手落ちたる人形テレビに飾る

地震にてずれたるテレビ元の位置へ戻して看護助手足早に去る

骨密度計る機械に左腕のせれば機械音鈍く響けり

骨の注射一年あまりうち続け右肩少しかたくなりきぬ

カバーみな取り外したる座布団五枚縁に並べて日に当てて干す

座布団よりカバー外して洗濯す遠きより二人訪い来る聞きて

立冬の今日暖かく晴れ上がり軒下いっぱい濯ぎもの干す

一族の墓

両親のみ墓に先ずは帰国せし報告をして手を合わすなり

わが墓を造りてくれしいとこらに感謝しながら墓に触れゆく

わが墓石手に触れみれば今朝降りし雨にしっとり
濡れていたりし

小さなる己の墓を実際に触れてみたるは今日が初
めて

扉よりすこし下にはうっすらと苔生えおりてざら
つきてあり

いとこらが運びてくれし箱形の小さな墓石わが墓かこれ

わが墓に寄り添い立てば墓の背丈自分の腰よりわずかに低し

兄の墓両親の墓われの墓一族の墓山に並べり

今日よりはわが山として道ひろげ道の両側に栗を
植えゆく

実のなる木花の咲く木をできるだけ多く選びて山
に植えゆく

沢水をパイプにて山へみちびきて植樹せし木々に
水注ぎやる

植樹せし木々の間に漢方の薬草なども多く植えゆく

爽やかな沢の音ひびくわが山にいとこら集い植樹に励む

墓地内の大きな木々のおちこちに移りつつ鳴く尾長鳥の声

植樹せし幾つかの木は台風に右へ大きく傾きてあり

遠くより鴉《からす》の声が時おりに聞こえておりて山は静けし

ともかくも親戚みながわが山に集まりくれて山開きせり

両親の墓に供えし餅りんご分けて食べつつ故郷語る

水田の氷の上に独楽回し競い遊びしも遠き思い出

村にいてともに遊びし思い出はいくら語りても語りつくせず

両親のお墓のはるか向うには緑豊かな林ひろがる

墓地までの一キロの道ようやくに舗装になりて車が走る

山管理任せてあればある程度いとこの要求入れねばならぬ

先祖の墓もとの形はできるだけ崩さず修理進めて
くれよ

いとこ夫妻来訪

自家製のキムチ携《たずさ》え祖国よりいとこ夫妻が訪ね来たれり

飲めよとていとこはわれの湯呑にも韓国焼酎少し注ぎぬ

ややつき韓国焼酎わが口にころがしながら少しいただく

焼酎の酔いがまわれば自ずから山に関わる話が弾む

ガイド役われ引き受けていとこらを車に乗せて白根へ急ぐ

天狗山六月いまも雪ありてスキー楽しむ人ら賑わう

いとこらは次々店を駆け抜けてはるか遠くよりわれを呼ぶなり

どの品も高いと言いつついとこらは手提げにいっぱい土産を買えり

いとこ夫妻車を降りて山襞の雪に触れつつ歓声あぐる

山頂を駆け下り来しいとこ夫妻息弾ませて車に乗れり

# 二〇〇五年〜二〇〇六年

酉　年

元日に遠くより友らスキーしての帰りと告げて訪ね来たれり

久々にスキーをせしと斎藤夫妻潑剌とせる声にて語る

スキーして疲れたりしか寝転びしみよちゃんたち
まち寝息を立てる

少しして目覚めしみよちゃん魔法使いの夢を見た
よと小声で告げぬ

幾つかを歌いてくれしみよちゃんにお年玉少し包
みて持たす

酉年の鶏さまざまに美しく描きし賀状多く届けり

四等の切手シートを受け取りてわれささやかな喜びの湧く

風邪予防にショウガ糖一つ熱湯に溶かして飲みて臥所《ふしど》に入る

中沢晃三先生三首

ご自身の車に盲《めしい》のわれを乗せ前橋歌会へ導きましき

朝早く迎えの車療園へ差し向けくれし彼の日忘れず

昼食の休憩時間によく来たと歌友幾人声かけくれし

祖国訪問

（毎日新聞記者同行）

韓国への同行取材に加わりし学生一人われに付き添う

新幹線にわれ揺られつつ記者からの問いかけあれば短く答う

ホテルにてわれと寝起きを共にして取材するなり
記者の一人は

寝る前に入浴だよと盲目のわが手をとりて風呂場
へ急ぐ

湯船の中われを抱きいれ背を洗い頭も洗いてくれ
たり記者が

薬飲む時間になれば萩尾記者起きて錠剤飲ましてくれぬ

われ夜半に目覚めてトイレに行くときも新聞記者君が付き添いくれし

足弱く祖父の墓には行けずしてわが歌碑の前ひとり座れり

わが座る真上の空に雲雀《ひばり》らが高く舞い上がり明るくうたう

日本より同行して来し新聞記者取材にせわしく走り回れり

お墓にも墓のめぐりにも自生せる紫桔梗いま盛りなり

供えたるさかずきの酒少しずつまわし飲みしておお墓を離る

乱れ咲く紫桔梗白桔梗手に触れながら山道下る

墓地管理いとこに頼み再びは来ることもなき山を下れり

故郷のウムスル村に立ち寄れば親戚わずか四人のみなり

幼馴染懐かしみつつ次々とわれに走りより声かけくれし

十日前足怪我せしと出迎えの友の一人は松葉杖つく

また来よの友らの声に車中よりわれは大きく手を振りしのみ

ホテルより借りし車椅子に押されきて父母の墓参り無事に済ませぬ

韓国の農家の庭は広くしてビニールハウス幾つも建てり

並びたるどのハウスにも夏野菜サンチュ豊かに育ちていたり

いとこらと四角の線引き陣取り遊び盛んにせしもこの庭なりし

車椅子道端によせ手に触るる山百合ゆたかな香りを放つ

雉一つわが前ふいに甲高き声張り上げて飛び立ちゆけり

車椅子入らぬところ学生にわがおぶさりて墓参りせり

リハビリ

五年ごと切り換えられる外国人登録証やや小さく
なれり

閉じられぬ左目乾きチクチクと針刺すごとき痛み
が走る

病床の友を見舞えば懐かしみわが手を握りて離さ
ざりけり

靴履きて立ち上がるとき摑まれと部屋の出口に手
摺がつきぬ

いただきし花束一つわが前の流しにありて豊かに
匂う

車椅子記者に押されてぐんぐんと丘の野道を走り
抜け行く

しばしばも車椅子よりわれ降りて土柔らかき野道
を歩く

薄《すすき》の穂手に触れながら諏訪の原に散歩するのも久
しぶりなり

楽泉園に入園してより六十年振り返りつつ記者と語れり

散歩より帰り来たりて寝転べば頬に心地よきほてりを覚ゆ

腰掛けて足上げ運動足首を軽く動かす運動始む

寝転びて仰向けになり左足右足交互に天に突き上ぐ

両踵床にあてがい爪先を軽く動かせばポキポキ音す

片足の横上げ運動愉快なりオス犬用足す仕草にも似て

足上げを十回終えて上半身早やしっとりと汗がにじめり

兄の戦死

わが兄が戦死せし場所は遥かなるウルップ島沖と
今にして知る

兄の乗りし明石山丸ウルップ島へ何を目的に突き
進みしか

兄乗りし輸送船敵の雷撃をまともに受けて沈没したり

戦死せし兄は遺族の知らぬ間に靖国神社に祀られていき

届きたる戦死者名簿に兄の名がやはり確かに記されてあり

わが兄の戦死は昭和十九年三月二日と添え書きがあり

他国より押しつけられし金岡姓名乗り続けて戦死せし兄

焼跡の掘っ立て小屋にわが兄の戦死の公報わが受け取りぬ

めしい耳しい

テーブルの向うの声が聞こえねばわれは黙してただ食べるのみ

遠くよりピンポンかすかに聞こえれば左手上げて合図を送る

聴力の検査の結果耳に合う補聴器選び買うべくなりぬ

国費にて補聴器買うゆえ金のこと心配するなと肩叩かれぬ

わが耳に合わせてハマヤがつくりたる補聴器いよいよ今日より使う

右は赤左は青と確かめて小さな補聴器耳にあてがう

補聴器を耳に入れればたちまちに周囲の物音大きく聞こゆ

補聴器に拡大されてわが声はやや甲高く響きて聞こゆ

補聴器つけて廊下を出ればわが履きしサンダルの音大きく響く

食堂に入りて行けば補聴器に友らの声が明るく響く

補聴器して窓を開ければ遠くより鳥の声が大きく聞こゆ

ピーピーの信号音が補聴器よりやさしく流るスイッチ入れれば

手の指の不自由なわれには小さなるデジタル補聴器操作難し

わが耳の補聴器少しずれたるかピーピー音がかすかに聞こゆ

ゆるみたる補聴器さらにしっかりと耳につけなおし医局へ急ぐ

補聴器のがんがん響く甲高き音にもようやく慣れてきたれり

補聴器のボリューム絞り杖つきて午後静かなる廊下を歩く

補聴器に大きく響く電動の掃除機音に足がすくめり

業者来てわが耳に合う音量に補聴器ボリューム下げてくれたり

補聴器を外せば急に世の動き止まりしごとく周囲静けし

補聴器を耳にあてがい爽やかな小鳥らの声しばらく聞きぬ

君ちゃん

電話すればわが声すぐに分かりしに今日の君ちゃ
んどうしたことか

しばしして夏日《ハイル》とわが名を呼びくれて嬉しかりけ
り今日の電話は

話したいことといっぱいあるから会いたいと君子幾度も繰り返し言う

電話では口癖のごと会いたいね会いたいのよと繰り返す友

君ちゃんの弟さんが姉呆けて会うのは無理と電話をくれぬ

約束の寿司屋へ共に行くことも不可能となり悔しかりけり

電話しても友はわが名をどうしても思い出せずして寂しさ覚ゆ

送りたるチマチョゴリ着し人形を友は何より喜びくれし

会社では最年少の十三歳金ぼうと呼ばれ可愛がられき

乾パンを砕きて庭に撒きたれば雀寄り来て啄ばむ声す

わが撒きしパン屑雀らたちまちにみな食べつくし飛び去りゆけり

残りたるこのパン屑はまた明日小鳥らのため庭に
撒くべし

在日の文学全集十八巻それぞれわれらの心の宝

在日の文学全集にわが歌集『無窮花《ムグンファ》』一冊加わり
てあり

在日を生きる貧しさ苦しさもみな歌にして書き溜めしもの

曲つけしわが歌六首ぽんぽんと弾むがごときリズムあるなり

七年前書きておきたる遺言状今日取り出して書き直すなり

キリストの聖画の額を拭き清め部屋正面に高く掲げぬ

キリストの聖画の下に跪きわれ久々に主の祈りせり

盲人会より思いがけなくわが干支《えと》の寅の置物一つ届けり

山譲る

二回目の雛孵《かえ》りしか餌くわえ燕ら廊下を低く飛び交う

餌もらう燕らの雛らときおりに元気な声が廊下に響く

在園者少なくなりし療園にこの頃ときおり猪が来る

園内に大きな猪見かけしと園内放送繰り返すなり

太りたる土手の南瓜《かぼちゃ》を猿どもにみな盗られしと嘆くも聞こゆ

猿どもは捥《も》ぎし南瓜を人のごと脇に抱えて逃げ去ると聞く

パスポートの写真とわれを見比べて事務員黙してペンを走らす

付添いの朴《パク》さんしばしば窓口に呼ばれてゆきて説明を受く

受け取りしわが山譲る許可証に五百円印紙貼られてありし

山譲る許可証一ついとこへは速達便にて今日発送す

わが山をいとこに譲りほっとせし安堵と共に寂しさ覚ゆ

ふるさとの先祖の山の相続はいとこがわが後引き
継ぐかたち

紫の花をつけたる昇り藤二つ残して枯れし茎切る

舌読《ぜつどく》を共に励みし佐之《さの》さんもあいさんも逝きわれ
一人のみ

既にして舌読やめて久しきに舌読取材に記者が来るなり

点字歌集開きて舌にて読みゆくを後ろより記者がしきりに撮れり

たどたどと療養生活語りしも良き記事となり雑誌に載れり

舌読のわが写真大きく写りたる『週刊朝日』一部
届く

# 二〇〇七年〜二〇〇八年

自治会活動

すすめられ八十歳われためらわず入浴介助今日より受くる

入浴時間少しずらしてゆったりと入浴介助受けたり今日は

年末の病棟訪問足弱き盲《めしい》われには職員がつく

病床の一人ひとりに声かけて自治会からのジュースを配る

見舞い終え廊下へ出れば先頭の友ら大きく手をふり招く

久々の病棟訪問なし終えてわが足少しほてりを感ず

火曜日の内科休診続きおり医師の補充がなかなかできず

この頃は木曜日までも医師が来ず内科診察休みが続く

自治会より厚労省へ今日出向き医師の補充を強く訴う

医師制度変わったからとて国立の施設に医師が来なくなるとは

楽泉園将来構想六度目の審議に今日よりわれも加わる

これまでの将来構想何回も練り直しして二つに絞る

一年の約束をして引き受けし自治会活動今日にて終わる

自治会活動一年無事に為し終えて漸く心に安らぎ覚ゆ

議題には納得ゆくまで真剣に審議すること一つ学べり

わが病気遣いながら無理すなと短歌の仲間が声かけくれぬ

会議には難聴のわれいつにても補聴器つけて出席したり

インフルエンザ

インフルエンザたちまちにして療園にひろがりゆきて猛威を振るう

われ自身突然喉が痛くなり三十九度の熱出して臥す

夜遅く慌しくも病室にわれ移されぬ高熱出して

着替えてもいくら着替えても高熱に汗吹き出でてシャツを濡らせり

わが頭軽く持ち上げ氷枕取り替えくれて足早に去る

病室に移されしわれ何よりも先ずはトイレの位置
を確かむ

ベッド横の壁を伝いて少し行き左へ曲がればトイ
レがありぬ

やり場なき関節痛の右足を布団にのせて撫でさす
るなり

痛み止めのメチロン注射右腕にうちてもらいて少し眠りぬ

並び臥す五人それぞれ高熱の苦しさありて言葉少なし

職員もインフルエンザにかかりいて仕事休みが増えてきたれり

一病棟インフルエンザ蔓延し病棟たちまちパニック状態

応援隊慣れぬ仕事に右往左往病棟内を走りまわれり

タミフルを朝夕飲みてたちまちに高き熱引きて今日退室す

核施設無能力化

血液の検査の結果異常なし一年元気に励みてゆかん

風呂用の小さな白のポリバケツ百円ショップに昨日買いしもの

北からの突然空襲想定し防空演習行なうソウル

第二次の朝鮮戦争想定して雑誌騒がしく書きたてるなり

漸くに六カ国協議合意せり波乱含みの課題残して

六十日以内に果たして朝鮮の核施設みな封鎖できるか

韓国より選ばれし国連事務総長核なき平和な世界をつくれ

試運転祝うがごとくどこまでも南北の空晴れ渡りおり

米朝が民間交流始めしと韓国放送明るく伝う

朝鮮がテロ支援国リストより外さるるのも年内と
聞く

大統領はなに思いしか三十八度線少し歩きて北を
訪い行く

北からも南へ出向き南北の首脳会談の実現が欲し

北よりもまず南の経済を早急に立て直せの声が世
論と思う

核施設廃棄作業が意外にも時間がかかり遂に年越
す

これまでの北との融和政策はまだまだ少し続けてくれよ

株疑惑晴れて李さんが韓国の大統領に就任したり

市長時代に李明博《イミョンバク》氏漢江《ハンガン》の清き流れに変えしは手柄

巨大結腸症

初夏の日を半日浴びてふっくらと膨らみし布団
ベッドにひろぐ

この春の検診結果は便にやや血がまじりしと連絡
を受く

とりあえずエコー検査さきに受け血便原因早く知りたし

西吾妻福祉病院に今日は来て腸の検査を受くべくなりぬ

内視鏡腸の曲がり角を進むとき胸に鋭く痛み走れり

看護師長わが手を握り痛むかと絶えずやさしく声かけくれき

聞きなれぬ巨大結腸症の病名をわれいただきぬ検査を終えて

水分を充分摂ってじゃんじゃんじゃんと尿を出せよと医師より言わる

耳たぶに長く伸びたる白髪一つ看護師が見つけ切りてくれたり

## 避難訓練

この男まこと惚《ぼ》けしかわれに向け味噌汁飛ばし飯粒飛ばす

飛ばされし朝の味噌汁に汚れたるズボンを脱ぎて黙して洗う

避難する予行演習と車椅子にわれ乗せられて坂道下る

車椅子専用道路か舗装せし道の両側に低き塀あり

避難所は旧本館の跡地なり広く均して舗装してあり

療園の西に流れる川の音散歩道にて久々に聞く

わが庭に早や幾つもの赤とんぼすいすい飛び交う
季節となれり

車椅子に押されてゆけばわが肩に大きなとんぼ一
つ止まれり

遅咲きの庭の黄菊《きぎく》も白菊も多くの花が次々ひらく

入浴

車椅子に押されて風呂へ急ぎ行く膝の上には着替
えをのせて

わが背なを流しくれつつ介護員「背中が少し丸く
なったわ」

民営化にて小さな栗生郵便局国際為替組めなくなれり

月々の『新アララギ』は予定日にきちんきちんと届きて嬉し

難聴がさらに進みて補聴器のボリューム二より三まで上げる

週一度耳鼻科に行きて補聴器を掃除してもらい電
池入れ替う

噛《か》む力の検査と告げてわが口にチューインガム一
つ入れ給いたり

久々にガム噛みゆけばほんのりとメロンの香り口
にひろがる

噛む力弱きところはやや赤き色がつくなりわが噛むガムに

サッシ戸を少し開ければ遠くより鴉が聞こえ周囲静けし

サッシ戸の溝に溜まりし凍てし雪を搔き出だすらしがりがり音す

久々に茶簞笥の上の大壺をわが抱き下ろし埃を拭う

ぴかぴかに磨き上げたる置物の寅と壺にも朝日が届く

しばしばも足に鋭く刺すごとき痛みが走り眠り妨ぐ

眠れねばベッドよりおりてわが足の屈伸運動繰り返すなり

屋根の雪解けてぽたぽた落ちる音ベッドに聞きついつか眠れり

鈴つけしわが白杖を柱より外して持つも久しぶりなり

歩くなら付添いますと介護員さん走り来たりてわが手を取りぬ

転んだら困りますからお部屋までお送りしますと手を引きくるる

食堂にて倒れし日より左足どうにも重く動きが悪し

看護助手わが車椅子押しながら雪の浅間が綺麗よと告げり

車椅子にわれ押されつつ歯科へ行き耳鼻科にも行き半日終わる

透析より解放されて安らかに眠り給えな天に召されて

九十三歳長寿を見事全うし逝きにし友をわれらは
讃う

ご子息にしかと抱かれてご遺骨は祖国韓国へ帰り
ゆきたり

公園にひときわ高く美しく囀《さえず》る小鳥赤腹《あかはら》ならん

八十二歳今年測りしわが身長四センチ減り一五六

日に二本わが飲む牛乳五月よりまた大幅に値が上がるらし

五分間の体操終えて配られし昼の食パン一切れうまし

公園に入り来たればそちこちに早やエゾゼミの声がしげしも

新緑の香り含める風いっぱい胸に受けつつ坂道くだる

枯れし葉を切り取りしあと都忘れの緑の新芽すくすく育つ

先生に支えられつつ後ろ歩き少し出来たりこれも
リハビリ

綱渡りの形になりて左足右足交互に前へ出しゆく

わが足のふらつく原因結局はわからぬままに月日
過ぎゆく

壁に伝いふらつく足をかばいつつゆっくり歩く食堂までは

漢江《ハンガン》を清くせしごと韓国の政治の流れ清くしてほし

アメリカの牛肉輸入阻むデモ今日も激しく続く韓国

尿道石あるいは癌とも言われつつ検査結果をいま
は待つのみ

庭（二）

軒下の物干し竿を一日中がたがたさせて春嵐吹く

春一番吹きすぎしあと竹支柱庭に大きく傾きてあり

雪解けて庭に幾つも傾きし竹の支柱を差し直しゆく

秋遅く庭に植えたるチューリップみな元気よく芽を出しくれぬ

芽を出ししチューリップの上にしっとりと湿りし雪が白く積もれり

牡丹雪たちまち消えてチューリップの緑の新芽すくすく育つ

チューリップの赤緑なる葉陰には小さな蕾育ちつつあり

チューリップの根方根方に少しずつ腐葉土入れて土かぶせゆく

わが庭に初めて植えしチューリップ十二の蕾みな開きたり

ようやくに咲きそろいたるチューリップ白よりピンクわずかに多し

無窮花《ムグンファ》に青虫いると看護助手庭より声上げわれを呼ぶなり

殺虫剤撒きたる木より落ちて来し青虫どもを踏み潰しゆく

青虫は無窮花の枝の柔らかな葉を食いつくし筋のみ残す

何回か薬剤撒きてようやくに庭の花壇に虫ひとつなし

虫つかぬわが無窮花の下枝は緑の新芽多くつけたり

朝早く鳩の番《つがい》がくくくと声あげながら庭を歩めり

右側の土手の上より栗の花強く匂い来散歩の道に

# 随筆

# 山

山の名は元堂山《ウォンダンサン》と呼ばれていた。遠い昔、先祖が私たちに残してくれた山である。山の面積は、八五、一九六㎡もあって、山の中腹に先祖代々のお墓(土葬の丸いお墓)がたくさん並んでいた。いとこから送られてきた写真に、墓地のはるか向こうに大きな松の木の松林が写っていたが、昔は墓地や墓地周辺、山全体に大きな松の木やいろいろな大きな木がいっぱいあった。そうした多くの木立がある鬱蒼とした山に、墓地へいたる細いくねくねした道があり、幼い私は母に連れられて、その細い山道を歩いて墓参りに行ったことを覚えている。いまは元堂山に二抱え三抱えもあるような木はほとんど見当たらない。墓参りに行く人も少ないらしく、墓地へ行く道はところどころ笹藪に塞がれて、狭い道はますます狭くなっていた。

おぶされと肩向けくれば叔父われはただ嬉しくて甥におぶさる

この歌は九年前に両親の墓参りに行ったときに詠んだ歌である。鎌を持ったいとこが道を塞いだ熊笹を切り払いつつ先にのぼってゆき、そのあとから甥の学坤《ハッコイ》が私をおぶって、足に絡まる雑草を搔き分けてのぼってゆく。私をおぶった甥の荷がすこしでも軽くなるようにと、もう一人の甥が私の尻を手で持ち上げながら押して行ってくれた。私をおぶった甥はハーハーと荒い息遣いをしながら山道をのぼってくれた。

見かけより意外に重しと叔父われを背負い行きつつ甥が言いたり

こうしてやっと墓地へ辿り着き、墓参りを無事に為し終え、帰りにも甥たちが代わるがわる私をおぶってくれて、いとこや甥たちに大変お世話になったのである。

そんなことがあって、両親の墓参りを終えて日本に帰ってきた私は、いとこに電話して、墓地へ行く道を歩きやすいように拡げてくれよと頼んだ。いとこはびっくりしたように、「あの山は七年前に売られていて、道を拡げることはできないのです」と言った。それを聞いて私は怒りが爆発した。「七年も前に売られていたのに、なぜ俺にすぐに知らせてくれなかったんだ。あの山には両親の墓、長兄の墓、祖父母の墓、先祖代々のお墓がある山だ。その山をすぐ買い戻せ」と、電話であることも忘れて、ありったけの声を張り上げていとこに怒鳴った。いとこは、「実はつい最近になって、山が売られていたことがわかったんです。兄さん（私）と金を出し合って買ったザーパン（石のお供物台）に、家族形成を刻み込む必要があって、台帳を開いてみたら、山が売られていたことを知りました。本家の甥がその山を売ってしまったのです。台帳を見てわかった時点で兄さんに連絡すればよかったのですが、連絡が遅れて申し訳ありません」と言った。

何よりも先祖を尊ぶ国なるに先祖の墓ある山売りしとは

私の訴えを受けて、いとこは早速山を買い戻す手続きを始めてくれた。日本の療養所に住みながら、先祖の山を買い戻すことは手続き上、大変な困難を伴うこととなった。法律上の手続きなどもあり、栗生楽泉園福祉課を通し、草津町役場や在日韓国人居留民団などのお世話を頂き、三年もかかって山を買い戻すための手続きが終った。丁度そのころ、らい予防法違憲国家賠償請求訴訟がおこり、私も原告団の一員に加わって、他の原告と一緒に闘った。裁判は訴訟を起こした私たちが勝利し、国は賠償金を支払うことになった。私はその賠償金も加え、ようやく山を買い戻すことができたのである。

そして昨年の秋、私の願いどおり墓地への道を拡げ、いつまでも残るような頑丈なコンクリート舗装が出来上がったのである。墓地内には水道を引き、電線も引いて、墓地全体に電燈の明かりがついた。山の相続は私からいとこの夏慶《ハギョン》に移した。山については為すべきことはほとんどやったし、思い残すことは何もない。足が不自由になり、墓参りに帰国することも出来なくなったが、買い戻した先祖の山は、どんなことがあっても永遠に守り続けてほしいものである。

『高嶺』一八〇号、二〇〇五年一月を改稿

# 補聴器をつけて

左耳は何年も前から難聴だったのだが、頼りにしていた右耳までも最近かなり聞こえにくくなってきた。食堂や会館での人の話はほとんど聞こえない。耳鼻科医の診察を受け、聴力検査の結果、補聴器が必要と言われ、耳鼻科から私の耳に合う補聴器を業者の方へ注文してくれた。高額のものだが、公費で購入していただいた。

この補聴器は今はやりのデジタル式のもので、耳にすっぽり入る丸いごく小さなものである。デジタル補聴器を使うのは栗生楽泉園では私が第一号だそうだ。両耳の形に合わせて作ったものであり、右と左を間違えないように、右の耳は赤、左の耳は青の印がしてあって、補聴器を耳から取り出すときに使う、透明な細くて短い紐がついている。

私は目が見えないし手も不自由なので、補聴器のつけ外しは介護員がやってくれているが、これまでの補聴器とは違い、デジタル補聴器は操作が少し難しいようだ。補聴器のつけ方を書いた紙は、茶箪笥の右横に張ってある。介護員は毎日違う人が入ってくるので、補聴器のつけ方を読んで、耳にちゃんとつけてくれるのでありがたい。補聴器の形がひょっとこに似ているらしく、「金さん、ひょっとこつけましょう」と言って部屋に入ってくる人もいて愉快だ。

補聴器には小さな電池が入っていて、スイッチを入れるとピーピーと信号音が鳴り、補聴器を耳に入れるとその音は消えて、周囲の物音が急に大きく聞こえてくる。今まで聞こえなかった遠くの物音までも、すぐ近くに聞こえてくる。

補聴器を耳に入れてくれた介護員が、「補聴器聞こえますか」と聞いたので、「聞こえる、聞こえる、よく聞こえるよ」と明るく答えた。補聴器から聞こえる自分の声が少し甲高くて、やや風邪声に聞こえるので、「俺の声は風邪声かい」と介護員に聞いてみたら、「いいえ、いつもの金さんの声ですよ」とまじめな声で言う。それを聞いて私はほっとした。「よく聞こえてよかったですね」と言って、介護員は食堂の方へ走っていった。

まもなく食堂から「食事ですよ」と声がかかり、食堂へ行くためにつっかけを履いて廊下へ出た。食堂の入口のチャイムの音がいつもよりずいぶん近くに聞こえる。自分のつっかけの音が意外に大きく頭に響く。食堂に入ると飯器の大きな音が補聴器に響き、食器の触れ合うカチャカチャの音や、食堂に響く大きな物音に、一瞬頭がボーとなり立ちすくんだ。介護員が私を支えながらいつものテーブルの前の椅子に掛けさせてくれた。これまでほとんど聞こえなかった食堂の友達の明るい声が、近くに聞こえて嬉しかった。だが、補聴器の雑音が気になり、食事の味もわからないまま、少し食べただけで食堂を出た。

自分の部屋へ戻るとすぐ補聴器を外し、流しで歯を磨き、トイレもすませて炬燵に座る。さきほどの補聴器の雑音はどこへやら、まるで別世界にでも来たように、私の部屋は物音一つなくまったく静かだ。トイレにいる間は、補聴器をつけるのはもうやめようと決めていたのだが、トイレを出てからそれは思い直した。

補聴器を長年つけていている友人を訪ねて行き、私の今の様子を伝えた。「補聴器に慣れるまではそりゃぁ大変だよ。補聴器の雑音に慣れるまでは早くたって半年はかかるんだ。金さんは補聴器をまだつけはじめたばかりじゃないか。早々と諦めないで、あと半年ぐらい補聴器をつけて頑張ってみろよ」と言って励ましてくれた。友の励ましを受けて部屋に戻ると、介護員が私の部屋の掃除に入っていた。さっき外してもらった補聴器をまた耳につけてもらい、私はリハビリテーション科へでかけた。

自分の突く杖の音が補聴器に反響して、中央廊下の天井の方から聞こえた。今は亡き浅井あいさんが新聞の束を抱え、コツコツと杖を突きながら、この廊下を歩いていたことを思い出す。自分も補聴器をつけてみてはじめて感じたことだが、難聴の耳に補聴器をつけ、杖を廊下の壁に当てて、寮から寮へ新聞配りをしていたあいさんを、すごかったなぁと思うと同時に、ずいぶん大変だったろうなぁと思った。

補聴器を使いはじめて一年あまり過ぎ、今はすっかり補聴器にも慣れ、会議などで長時間補聴器をつけていても、前ほどは疲れなくなってきた。以前は、『高嶺』（栗生盲人会の機関誌）編集会議に出席しても、盲人会の職員が読んでくれる原稿が聞こえないので、内容もわからないまま編集会議が終わり、私は申し訳ない気持ちでいっぱいであった。だが今では補聴器をつけてゆくので、原稿を読んでくれる声もよく聞こえ、内容もよくわかるようになった。自治会や盲人会の催しには補聴器をつけて参加しているが、今年も新年早々、私の補聴器は大活躍だ。

このように、朝、補聴器を耳につけてもらうことから私の一日が始まる。八十歳を越えて余生幾許もないが、命のある限り補聴器をつけて多くの仕事をやり遂げていきたいと思う。

『高嶺』一八六号、二〇〇七年九月

# 車椅子と共に

　足にふらつきがあり、車椅子の世話になることが多くなってきた。舎（七号棟）の食堂と近くにある盲人会館までは、介護員さんが付き添ってくれてどうにか歩いて行けるのだが、これ以外はどこへ行くにも全部車椅子である。足が不自由になり、思うように歩けなくなった今、自分の足で歩くことの素晴らしさ、ありがたさを今さらながらつくづく感じる。第一センターの療友たちも高齢化が進み、車椅子を利用する人がずいぶん多くなったと聞く。

　朝食後、私は八時四十五分に皮膚科まで車椅子をお願いしますと、舎の介護員さんに頼んでおくのである。介護員さんから西管理棟へ車椅子の依頼がいき、管理棟では受付順にしたがい、それぞれの希望する科へ車椅子で送って行ってくれる。月曜日は皮膚科で骨の注射エルシトニンをうってもらう日であり、車椅子に押されて先ずは皮膚科へ行き注射をうってもらい、リハビリテーション科（リハ科）と外科へも行き、すべての治療を受け終えて舎へ戻ると、昼食時間の十一時に近い。このようにして車椅子と共に私の一日が始まる。

水曜日と土曜日は介護員さんの介助による私の入浴日である。入浴介助は午後一時より三時までであり、入浴希望者の人数により、入浴時間の割り当てがあって、午前中に管理棟から入浴希望者へ連絡がいく。

車椅子に押されて風呂へ急ぎ行く膝の上には着替えをのせて
わが背なを流しくれつつ介護員「背中が少し丸くなったわ」

私たちの浴場、楓の湯はこの間改修工事が行なわれ、浴場の床はベージュ色のタイル張りに変わり、天井板の張り替え、脱衣所と浴場の間の段差をなくしたことなど、浴場の内部の様相が大きく変わった。なかでも浴場の段差がなくなり、足の不自由な私たちは躓かず安心して入浴できるので大喜びである。

リハ科では理学療法士の指導により、多くの種類のリハビリが行なわれているが、私は電動マッサージ器で全身のマッサージをし、マイクロウェーブという電気医療器で腰を温めて、顔の運動と集団体操をして、足が早くよくなるよう祈りつつ、毎日リハビリに励んでいる。この他、盲人会館へ行って、『高原』（栗生楽泉園入所者自治会の機関誌）や『新アララギ』へ出す歌稿を書いてもらったり、外部から来る手紙の返事を書いてもらったり、緊急の場合は出張代筆をお願いすることもあり、その日その日の私の生活はそれなりに結構忙しいのである。

九月五日、私は八十二歳の誕生日を迎えた。数えきれないほどの多くの病気をした私が、八十二歳の今日までよくぞ生きてこられたものと、振り返ってみてしみじみ感じる。ここまで生きてこられたことを感謝してビールで乾杯した。

晴れの日は管理棟から散歩の誘いがあり、車椅子に押されて外へ散歩に出ることが多い。三十分ぐらいの散歩だから、園内にある小林公園へ行ったり、納骨堂へお参りに行ったり、下地区の鐘撞き堂まで行き、二つ三つ鐘を撞いて戻ってくるだけのことだが、爽やかな秋風を胸いっぱいに受けて散歩するのは、すごく心地よいものである。

看護助手わが車椅子押しながら雪の浅間が綺麗よと告げり
公園にひときわ高く美しく囀る小鳥赤腹ならん

車椅子で散歩に連れて行ってもらい、その時々の季節の移り変わりを詠んだ私の短歌は、ノートに沢山記してある。これからも管理棟から散歩の誘いがあれば、車椅子に押されて大いに散歩に出かけたいと思う。

高齢と共に色々な合併症が増えた。食事中、ふわっと浮く感じがして体が左に傾き、椅子からころげ落ちたことがあった。看護師が来て血圧を計ったら、いつもは九十四ぐらいしかないのが百四十九まで跳ね上がっている。園長先生に診て頂いたら、二メートルほど私を歩かせてみて、「大丈夫、心配ない」と言って、転んで打ったところへ張るようにと湿布薬を出してくれた。低い血圧が何かの理由で急に上がったとき、ふわっとなって転ぶことが多いそうだ。転んだらすぐ骨折だから十分に気をつけたいと思う。朝回ってくる看護師に血圧を計ってもらっているが、今のところ血圧は正常で安定しているということである。

私の大きな悩みの一つは、尿道が狭くなり尿がなかなか出にくくなったことだ。超音波検査を受けた結果、尿道に石があり、前立腺癌の疑いもあるので、西吾妻福祉病院に行って診てもらおうということになった。

七月二十三日、車椅子に押されて小林公園に行き、公園道路から園の車に乗り換えて、西吾妻福祉病院へ向かって出発した。車内には福祉病院で受診する療友のAさんがおり、介護員の加藤秀世さんと看護師の篠原町恵さんがいて、運転手は関隆さんであった。私の左に加藤さんがいて、大丈夫ですかとか、気分はどうですかとか、たえず声をかけてくれる。病人を運ぶ園の車は、車椅子に乗ったまま乗り降りできる大変便利なものであった。

三十分ほどで病院に着き、窓口で受付を済ませ、私たちは病院の待合室へ移動した。近くに林があるらしく、ときおり爽やかな小鳥の声が聞こえてくる。療友のAさんは私とは別の科で診察を受けて、待合室に戻って来ていた。受診の結果がよかったのか、小声ながらお声が明るく弾んでいる。

私の名が呼ばれ、車椅子で診察室に入り、寝台の上に寝かされた。ズボンを脱ぎ、ズボン下とパンツは膝の下までおろし、シャツは胸の上まであげて、腹部に液体を塗り、超音波検診が始まった。腹部には聴診器のようなものが忙しく走っている。検診の様子はすべてテレビ画面に映っているはずだが、盲人の私にはその画面は見えない。検診は五分ほどで終わり、今度はうつ伏せになり、チクッとした瞬間、先生の指が私の肛門に入り引き抜かれた。診察は終わった。

着ていたものを元通りに着なおした私に、先生は言った。「園側の検査資料を見ていないのでよく分からないけれど、私の診た限りではどこも何も異状ありません。肛門に指を入れてみたけれど、指に触れるものは何もなかったし、前立腺癌、前立腺肥大といったものはありませんでした。尿道石も障害になるほどのものではありません。残尿もなかったし、尿は出にくくても、それなりに全部出し切っています。齢をとれば誰でも尿が少しずつ出にくくなるのです。だから、とくに心配ありません。水分を沢山摂ってできるだけ多く尿を出してください」と言った。私を診てくださった先生は、泌尿科の専門医師で倉沢剛太郎先生であった。

病院に来るまでは、どうなることだろうと心配でいっぱいだったが、受診の結果がよかったので、晴ればれとした気持ちで、介護員の加藤さんと看護師の篠原さんに付き添われ、車椅子に乗ったまま園の車に乗り、午後一時少し前に帰園した。

『高原』六九七号、二〇〇八年十一月

# 光染みけり

皓星社がハンセン病児童の作品集を編むにあたり、多磨全生園に泊り込んで資料集めを始めた。聞き取りから始まり、お目当ての全生学園を訪ねるという。

全生学園は一九七九年の春、中学卒業生二人を送ったあと在校生はなく閉鎖された。校庭には卒業生が書いた「出発」の文字を刻んだ記念碑が建っている。校舎はかなり古くなったが、今も昔の風格を保ったままである。皓星社の社員が施設側の許可を得て全生学園に入り、二日間でダンボール二箱分もの資料を集めたそうだ。集めた資料の中には、学園機関誌や『山桜』（現多磨全生園入所者自治会機関誌『多磨』の前身）もあって、二つの機関誌から児童たちの優れた作品を多く選びとることができたと、皓星社から連絡があった。

選ばれた作品の作者には、『ハンセン病文学全集』第十巻（児童作品）に掲載してもよいかどうかを電話で聞く形をとっていた。私にも皓星社から電話があり、「金さんの学園時代の短歌一首、『山桜』に載っていましたよ。読みます」と言って、読み上げてくれたのが、

真向ひの林の中に赤々と沈む夕日の光染みけり

であった。

私の歌が『山桜』に載ったいきさつは分からないが、多分、園内の文芸募集があり、児童の部で応募したのがたまたま入選し、『山桜』に掲載されたものと考えられる。「お歌覚えていますか」と聞かれたのだが、私にはぜんぜん覚えがなかった。それで私は「覚えていません」と答えた。「六十何年も前に詠んだ短歌ですから、覚えていないのも無理はありません。金さんの短歌は、当時の全生園の一齣を鮮やかに詠み込んであり、貴重な作品ですので、ハンセン病文学全集に掲載させて頂きたくて電話しました。児童作品の巻にお歌を掲載してもよいでしょうか」と言った。私は「こんな歌でよければ

ばご本に掲載してもよいですよ」と即座に承諾した。

何ヵ月か経って皓星社より『ハンセン病文学全集』第十巻（児童作品）四冊が送られてきた。全国のハンセン病療養所から児童作品を集めて編んだ本なので、四六〇頁ものかなり分厚い本であった。

早速一冊を手にとりめくってみると、作文・詩・短歌・俳句の順に編集してあって、短歌の部には、電話で聞いた私の短歌一首も載っていた。全生園での通名、吉川正夫の名で私の歌が載っている。全生園には一九四一年から四四年までの四年間暮らしていたが、四年のうちの二年だけ全生学園で学んだ。当時、入園者の誰もが偽名を使っていたので、私も吉川正夫という偽名を使っていた。楽泉園に来てからもしばらくは偽名を使っていたのだが、一九七一年から本名に戻り、現在に至っている。

私は児童作品の巻に載った自分の歌を何度も読み返した。暗記して口ずさんでいるうちに、この歌を作ったときのことがかなりはっきり頭に蘇ってきた。

季節は初夏である。療園の早い夕食を済ませて一時間ほど経った頃、学友を誘って散歩に出た。望郷台と呼ばれる築山と、芙蓉舎の間の道を通りすぎ少し行くと、園内を一周する散歩道に出る。左側に牛舎があり、牛たちが散歩する私たちを見てモーと声を上げる。牛舎の先には野菜畑が続き、野菜畑の一画に茶畑があって、右側は散歩道を挟んで高さ二メートルほどもある柊の垣根が続く。垣根の向こう側には鬱蒼とした森林が広がり、森林のはるか向うには結核療養所があった。そこに療養中の患者たちが、柊の外側の道を散歩しているのを時折見かけた。

あの日は結核の人と垣根の外と内側から、世間話を交わしながら同じ方向に歩いていた。垣根沿いの道をしばらく行くと、全生園の納骨堂が見え、遠くの雑木林も見えてきた。丁度そのとき、夕日が赤く輝きながら林の中へ沈んでゆくところであった。夕日に赤く染まった雑木林はきれいだなと言って、私たちは散歩の足を止めて、夕日の赤く染まった林の方をしばらく眺めていた。私は輝きながらあのように一生が終えたらいいなと思った。

いま夕日が赤く染まったあの林は、私たち少年団がテントを張ってキャンプをしたあたりであろうか。カレーライスを作るための薪を拾いに走り回った林、木登りしたり、栗拾いをしたのもあの林であった。キャンプで自分たちがつくったカレーライスが美味しかったこと。果樹園の主任が室《むろ》の中から出してくれたスイカが甘くて美味しかったこと。過ぎ去ったあれこれを思い出しながら、私はぼんやりと林の方を眺めていた。帰ろうと友が言ったので、その日の散歩はそこでやめて、近道の納骨堂の前を通って帰途についた。

あれから六十四年あまりもの歳月が流れた。

らい予防法がなくなり、全生園を囲む柊の垣根は取り除かれ、雑木林も納骨堂側に僅かに残っただけで、ほとんどなくなったと聞く。果樹園のあった所には国立ハンセン病資料館が建ち、園内を通り抜ける外部との連絡道路ができ、農園だった所は桜公園となって、全生園の様相は大きく変わってしまった。全生園には色々の思い出が沢山ある。

全生園の風物の一つに茶摘みがあった。新芽が十センチくらい伸びた頃、第一回の茶摘みが始まる。先に書いた茶畑と、女性舎地区の前から女性浴場の近くまでの大きな茶畑があって、園内放送で茶摘みの開始が告げられると、笊を持った多くの人たちが、一斉に茶畑へ散ってゆく。ワイシャツ姿で日よけの麦わら帽子を被った人、手ぬぐいで姉さ被りをした和服の若い女性たちもいた。色とりどりの服装をした人たちが、茶畑で働いている姿を見ていると、まるで緑の茶畑に人の花がぱっと咲き広がったようで、とても華やかだった。向かい合って茶摘みをしながら交わす話は楽しく、色々な話題の話が飛び交い、あちこちで爆笑がおきて、大いに盛り上がっている。大勢集まっての茶摘みはたちまち終わり、摘み取ったお茶っ葉は大籠に移し、空の笊を持って、談笑しながら小走りにそれぞれの寮へ帰ってゆく。全生園の茶摘みは一つの楽しい社交の場であった。私は初夏のひととき、この茶摘みが大好きだった。だが、その茶摘み風景もずいぶん前に消えた。これも時代の流れで仕方ないことであろう。

最後に、学園時代に詠んだ私の歌をもう一度記してこの稿を終る。

真向ひの林の中に赤々と沈む夕日の光染みけり

『高原』創立七十五周年記念特集号、二〇〇七年十一月

# 『一族の墓』の意味について

水野昌雄

金夏日さんの歌集をまとめられることになったのはうれしいことである。金さんはいま栗生楽泉園の高原短歌会の会長をつとめているが、その短歌会に二十年近く前からかかわることになった縁によって、声をかけられたことと思うが、歌集一般とは異なるうれしさである。それは金さんの短歌は盲目で車椅子の生活の中から生まれたということなどではなく、もちろん、それもありはするけれど、それ以上に金さんのたどって来た歴史の今日的結実には、深く大きな意味があるからである。

この歌集にそえられた略年譜にもある通り、十三歳で父を訪ねて来日し、菓子工場で働きながら夜学に通っている十五歳でハンセン病にかかり、多磨全生園に入る。長兄は海軍軍属として戦死。一時退所していたものの病状が悪化し、栗生楽泉園に入るが、一九四九年には失明し、以後点字を舌で読むことを学び短歌を創る。朝鮮語も学びはじめる——という道筋はなみなみならぬ労苦の八十年の歴史といえよう。軍属として強制的に徴用された朝鮮人の兄が戦死して靖国神社に合祀されたことをテーマにした作品だけを見ても、衝撃的である。

わが兄が戦死せし場所は遥かなるウルップ島沖と今にして知る
戦死せし兄は遺族の知らぬ間に靖国神社に祀られていき
わが兄の戦死は昭和十九年三月二日と添え書きがあり
他国より押しつけられし金岡姓名乗り続けて戦死せし兄

など、日本近代の罪深いことがよくわかるが、金さんは淡々と事柄だけを綴っているだけにその背後にある苦痛・哀惜が静かに伝わってくる。国籍を奪われ、その国のために戦死させられたのである。遺族への補償などはまったくないのだから何と罪深いわが日本国と思うのだが、金さんはだまって事柄を示す。それと同時に、楽泉園での生活がリアルに綴られており、周囲の人々へのやさしい情感が素直に展開しているのである。

五年ごと切り換えられる外国人登録証やや小さくなれり
鈴つけしわが白杖を柱より外して持つも久しぶりなり
綱渡りの形になりて左足右足交互に前へ出しゆく
剪定する介護員さんのさわやかな鋏の音が庭より聞こゆ
テーブルの向こうの声が聞こえねばわれは黙してただ食べるのみ
補聴器を外せば急に世の動き止まりしごとく周囲静けし
在日を生きる貧しさ苦しさもみな歌にして書き溜めしもの

など、ごく自然体で素直に自分のこと、身の周りのことを歌っているが、こういう短歌形式によって在日のひとりが歌ってゆく意味は大きいものだ。在日という言葉はいささかあいまいだが、外国人というのも登録証としてそうなっているとしてもそれだけでは収まらぬものがあるだろう。何しろ靖国神社に祀られる日本人の一人としてあつかわれて来ているのである。在日朝鮮人ということの略称として在日だけをいうのかと思うが、他の国の場合にはあてはまらず、朝鮮という場合にのみあてはまるのは、おびただしい数の朝鮮人の連行が歴史的にあったからに外ならない。そして母国の言葉でなく、無理矢理に学ぶしかなかった日本語で生活して来た結果の短歌なのである。近頃の日本の短歌作品が、日本語としての格調を乱しているのがかなりある風潮の中にあって、金さんの短歌がもっとも日本語として正調であることに深い感銘を受けるのである。それは喜びであるとともに、怪しげな新日本語にあそぶ日本人にとって考えさせられるのである。

こうした歴史的意味の問題をふまえながら、金さんの短歌がのびやかで、こだわることなく、向日性のリリシズムに貫かれているのは格別な味わいである。短歌の仕事そのものはすでに歌集四冊があり、歌壇的にも注目すべき存在となっていて、ことさらここでいう必要はないくらいである。ここでひとことつけ加えておくなら、この歌集の「君ちゃん」という一連の

電話すればわが声すぐに分かりしに今日の君ちゃんどうしたことか
会社では最年少の十三歳金ぼうと呼ばれ可愛がられき

という作品は第三歌集『やよひ』に収められた五十年ぶりの「きみ子さん」との出逢いを歌った作品と読みあわせられるなら、いっそう味わい深いことであ

る。エッセイ集『点字と共に』には、菓子工場で親しく共に働き、何かと親切にしてくれたロマンスが初々しく綴られているが、それらをみるとなおさら味わいがある。その人がこの歌集では認知症として登場する。まるで一篇のドラマだ。そうしたエピソードを含め、この歌集は親しみ易く、そしてまた考えさせられることの多い作品集である。一人でも多くの人に読んでもらいたいと願わずにいられない。金さんを通して日本はどういうことをして来たかをよく知ることができるのであり、そしてまた短歌の生命力ということも今日的に考えさせられるのである。

二〇〇九年初夏

# あとがき

これは私の第五歌集です。二〇〇三年四月より二〇〇八年までの、『高原』と『新アララギ』に載った私の歌三三八首を選んで一冊にまとめました。連作の作品については年代順とは関係なく編集してあります。歌集題名の『一族の墓』は次の、

兄の墓両親の墓われの墓一族の墓山に並べり

の歌からとりました。

今回は歌数が少なかったこともあり、歌集の後半に私の随筆四編を加えました。高齢と共に原因不明のふらつきがあり、いつ倒れるかわかりませんのでこのようなかたちの歌集を編みました。

水野昌雄先生にはご多忙のなか、前回に引き続き歌集原稿にお目を通してくださり、懇切なる解説文を書いていただきました。温かいお心こもる解説文、

誠にありがとうございました。水野先生に深く感謝申し上げます。

私は盲目の上に足までも不自由になってきて、この頃は盲人会の職員、中澤幸子さんが私の部屋まで出張代筆してくれます。かつては、録音機に詠んだ歌をメモがわりにテープ録音していましたが、手の指が不自由になり、それすらも出来なくなりました。今は暗記しておいた歌を、声に出して中澤さんに代筆していただいております。今回も歌を選ぶことから歌集原稿の清書まで、全てにわたり大変お世話になりました。あらためて厚く御礼申し上げます。

佐藤健太さんには、出版全般にわたりお世話になりました。

また岡本有佳さんには、ご体調の思わしくない時にもかかわらず、影書房へ紹介の労を取っていただくなど、さまざまなお力添えをいただきました。あらためて御礼申し上げます。

出版をご快諾くださった影書房代表の松本昌次さん、制作打ち合わせのためにわざわざ草津までお出でくださった松浦弘幸さんにも、心より厚く御礼申し上げます。

二〇〇九年二月二日

金　夏日

## 著者略歴

一九二六年（大正一五）　韓国慶尚北道《キョンサンプクト》の農家に生まれる。

一九三九年（昭和一四）　さきに朝鮮から日本に渡った父を訪ねて、母と長兄夫婦、次兄らと共に日本にくる。この年から昼間は菓子工場で働き、夜学に通う。

一九四一年（昭和一六）　ハンセン病を発病。東京・多磨全生園に入る。

一九四四年（昭和一九）　長兄が日本海軍軍属として取られ、それによる家族の生活苦をたすけるために多磨全生園を一時退園する。

一九四五年（昭和二〇）　東京大空襲に遭い、焼け出される。この頃からハンセン病が再燃し、眼を病む。長兄戦死の公報届く。

一九四六年（昭和二一）　病状悪化し、群馬・栗生楽泉園に入る。この年、亡き長兄の妻子、次兄ら帰国する。

一九四九年（昭和二四）　両眼失明するも短歌を学び始め、潮汐会に入会する。キリスト教に入信。母、帰国する。

一九五〇年（昭和二五）　東京に残った父と、帰国した母が相前後して死す。

一九五一年（昭和二六）　父の遺骨をひきとり、療園内の納骨堂を借りて納める。

一九五二年（昭和二七）　点字を舌読で学び始める。

一九五五年（昭和三〇）　朝鮮語点字を通信教育で学ぶ。

一九六〇年（昭和三五）　療園内の同胞たちによって朝鮮語学校が開かれ、日本統治下では学びえなかった朝鮮語を学ぶ。

一九六三年（昭和三八）　大腸、胆のうの手術を受ける。

一九六四年（昭和三九）　点字をまちがいなく打ちたいために、手指の整形手術を受ける。

一九六九年（昭和四四）　ようやく病菌陰性となり、九州へ旅行する。

一九七一年（昭和四六）　二月、第一歌集『無窮花』（光風社）を出版する。

一九七三年（昭和四八）　三月八日、父の遺骨を抱いて故国に埋葬するために帰国する。

一九八六年（昭和六一）　二月、第二歌集『黄土』（短歌新聞社）を出版する。

一九八七年（昭和六二）　八月、「トラジの詩」編集委員会編『トラジの詩』（皓星社）を出版する（栗生楽泉園韓国人・朝鮮人有志による合同文集）。

一九九〇年（平成二）　随筆集『点字と共に』（皓星社）を出版する。

一九九一年（平成三）　『点字と共に』が平成三年度群馬県文学賞（随筆部門）を受賞。

一九九二年（平成四）　社団法人群馬県視覚障害者福祉協会より文化賞受賞。

一九九三年（平成五）　第三歌集『やよひ』（短歌新聞社）を出版する。

二〇〇三年（平成一五）　『点字と共に』に新たに作品一〇編を加え、増補改訂版として皓星社より出版する。

三月、皓星社の『ハンセン病文学全集』第四巻（記録・随筆）に「君子さん」「点字ハングル」が、六月、同全集第一〇巻（児童作品）に全生学園時代の短歌一首がそれぞれ収録される。

二〇〇六年（平成一八）　八月、第四歌集『機を織る音』（皓星社）を出版する。

勉誠出版の『〈在日〉文学全集』第一七巻（詩歌集Ⅰ）に歌集『無窮花』が収録される。

〔著者〕
金　夏日（キム・ハイル）

1926年、韓国慶尚北道の農家に生まれる。
1939年、渡日。
1941年、ハンセン病を発病。
1946年、群馬県の栗生楽泉園に入る。
著書：歌集『無窮花』（光風社、1971年）
　　　歌集『黄土』（短歌新聞社、1986年）
　　　文集『トラジの詩』（共著、皓星社、1987年）
　　　随筆集『点字と共に』（皓星社、1990年／群馬県文学賞受賞）
　　　歌集『やよひ』（短歌新聞社、1993年）
　　　歌集『機を織る音』（皓星社、2003年）　他

歌集《かしゅう》　一族《いちぞく》の墓《はか》
二〇〇九年六月三〇日　初版第一刷
著　者　金《キム》　夏日《ハイル》©
発行所　株式会社　影書房
発行者　松本　昌次
〒114—0015　東京都北区中里三—四—五
ヒルサイドハウス一〇一
電　話　〇三（五九〇七）六七五五
ＦＡＸ　〇三（五九〇七）六七五六
E-mail=info@kageshobo.co.jp
URL=http://www.kageshobo.co.jp/
〒振替　〇〇一七〇—四—八五〇七八
本文・装本印刷／製本＝法規書籍印刷
落丁・乱丁本はおとりかえします。
定価　二、〇〇〇円＋税

ISBN978-4-87714-396-1 C0092

| | | |
|---|---|---|
| 尹健次詩集 | 冬の森 | ¥2000 |
| 李正子 | 鳳仙花のうた | ¥2200 |
| 徐京植 | 秤にかけてはならない ——日朝問題を考える座標軸 | ¥1800 |
| 徐京植 | 半難民の位置から ——戦後責任論争と在日朝鮮人 | ¥2800 |
| 徐京植 | 過ぎ去らない人々 ——難民の世紀の墓碑銘 | ¥2200 |
| 尹東柱全詩集 伊吹郷訳解説 | 空と風と星と詩 | ¥2300 |
| 山田昭次 | 金子文子 ——自己・天皇制国家・朝鮮人 | ¥3800 |
| 張貞任 金知栄訳 | あなた朝鮮の十字架よ ——歴史詩集・従軍慰安婦 | ¥1700 |

〔価格は税別〕　影書房　2009.6現在